ESSAIS DE POÉSIES.

IMPRIMERIE ET FONDERIE DE J. PINARD,
RUE D'ANJOU-DAUPHINE, N° 8.

ESSAIS

DE

POÉSIES.

Hederà crescentem ornate poetam.

VIRG. *Egl.*

PARIS.

1826.

INVOCATION

A l'Éternel.

INVOCATION

A L'ÉTERNEL. (1)

ÊTRE suprême, ô toi, mon maître et mon auteur,

Entends du haut des cieux les accens de mon cœur !

Ne crois pas qu'animé d'une frivole ivresse,

Je place en de faux biens la parfaite allégresse,

Ni que j'ose implorer tes augustes faveurs

Pour combler mon orgueil de trésors et d'honneurs ;

INVOCATION

Non, mon ambition est plus noble et plus pure :

J'élève vers le ciel la voix de la nature,

J'adresse, plein d'espoir, mes vœux au créateur,

Car celui qui m'a fait doit vouloir mon bonheur !

Ta bonté, je le sens, en me donnant un père,

Me montre de mon dieu l'image sur la terre ;

Après toi, c'est de lui que j'ai reçu le jour ;

Après toi, c'est à lui que je dois mon amour.

Mais chaque heure en ces lieux flétrit mon existence,

Chaque instant me rappelle une pénible absence,

Et loin de lui sans cesse à vivre condamné,

Mon cœur ne lui rend rien de ce qu'il m'a donné.

Permets, être éternel, à ma vive tendresse

D'aller le soulager du poids de sa tristesse ;

Que je puisse mêler mes maux à ses douleurs,

Ma plainte à ses soupirs, et mes pleurs à ses pleurs,

Et consacrer, au gré d'une pieuse envie,

Tous mes jours à celui qui m'a transmis la vie!

R. B

Fables.

Livre Premier.

FABLES.

LIVRE PREMIER.

FABLE I.

LA ROSE.

Par les soins du printems nourrie,
Une rose charmante, à peine épanouie,
Avec l'éclat de sa vive couleur,
Autour d'elle épandait la plus suave odeur.
Un passant eut la douce envie
De s'en rendre possesseur.

Pour la cueillir, il brave les piqûres

De mainte épine; il croyait la tenir,

Il croyait recevoir le prix de ses blessures;

Hélas! soudain un perfide zéphir

Souffle, effeuille la rose... elle est évanouie.

Rechercher le bonheur par d'épineux chemins,

Le voir au moindre vent échapper de nos mains,

C'est là l'histoire de la vie.

FABLE II.

LE JEUNE ROSSIGNOL.

Un habitant, nouveau né, du bocage

Commençait à chanter, et son faible ramage

Ne s'était adressé qu'aux auteurs de ses jours,

Aux lieux chéris de sa naissance,

Lorsque la saison des amours,

Éveillant en son cœur une douce espérance,

Lui vint inspirer d'autres chants

Que les timides accens

De l'enfance.

2.

Mais, hélas ! trop faible est sa voix

Pour cette éloquence nouvelle ;

En vain il veut apprendre à l'écho de ce bois

A dire le nom de sa belle ;

Trop ardent, trop craintif, il a beau s'essayer,

A peine encor peut–il balbutier.

Pour la première fois alors qu'amour inspire,

De même, bien souvent, on demeure interdit,

Car on sait mieux ce qu'on veut dire,

Que ce qu'on dit.

FABLE III.

LA GIROUETTE ET LA BOUSSOLE.

Avec la girouette, un beau jour la boussole

    Eut un débat; celle-ci l'outrageait,

       La nommant légère, frivole,

Qui sans cesse tournait, et sans cesse changeait.

« En moi, lui disait-elle, un pilote se fie

« Des destins de sa gloire et de ceux de sa vie;

      « Je triomphe des élémens

« Quand tu leur es soumise, et de mes mouvemens

      « Dépend le sort de maint empire.

« Que ferait le marin sans ma fidélité ? » —

« En vérité ;

« Je ne puis m'empêcher de rire,

« Reprit l'autre ; as-tu bien vanté

« Tes mérites pompeux, tes titres magnifiques ?

« Des miens je ne dirai que deux mots seulement :

« Fidèle organe du vent,

« Je suis le guide constant

« Des navigateurs politiques. »

FABLE IV.

·•·❦·•·❦·•·

LE PÊCHEUR.

Un pêcheur indigent dont le frêle bateau,

Par les vents délabré, commençait à faire eau,

Voyait avec terreur approcher son naufrage.

    Il était déjà loin du port,

    Et n'avait plus, pour éviter la mort,

    De ressources qu'en son courage.

Il s'y confie, il s'élance à la nage,

Lutte contre les flots rebelles à ses vœux,

Et tente de gagner un rocher secourable

Que découvrent soudain ses yeux.

Hélas ! bientôt la fatigue l'accable !

Mais son cœur le soutient, l'espoir l'anime encor ;

Il redouble, il avance, un seul dernier effort

Suffit pour le sauver... La vague inexorable

    L'engloutit quand il touche au bord !

    Le premier pas, qui seul, dit-on, nous coûte,

      N'est jamais le plus dangereux ;

      Le sage et l'homme courageux

Bravent, sans hésiter, les périls de la route ;

Mais le don d'arriver n'appartient qu'aux heureux.

FABLE V.

••❖•❖•❖•❖•❖•

L'ANE.

Je crois me souvenir qu'un jour certain roussin,

En parcourant une terre étrangère,

Par un fleuve se vit croisé dans son chemin.

Des chardons dans le pré voisin

Semblaient lui proposer une abondante chère,

Mais il fallait, pour y toucher,

S'en approcher

En passant le fleuve à la nage ;

Et l'animal, suivant l'usage,

Était trop paresseux.

Il s'étend donc sur l'herbe, et, prenant patience,

« Attendons, se dit-il ; les flots tumultueux,

« A force de couler, s'épuiseront, je pense ;

« Puis alors, en pleine assurance,

• A sec je passerai... » Trop perfide espérance !

Bientôt le jour s'arrête, et non pas le courant.

De fatigue et de faim, le pauvre âne expirant,

Beaucoup trop tard, se sent le courage et l'envie

De traverser.

Remettre à demain dans la vie,

Hélas ! c'est vraiment renoncer.

FABLE VI.

LE LAPIN ET LE CHIEN DE CHASSE.

DE son réduit, délogé, mis en fuite,

Un malheureux lapin se sauvait aux abois.

Vainement il comptait sur l'épaisseur des bois

Pour éviter des chiens la pressante poursuite :

Ses jambes n'avaient plus ni zèle ni vigueur ;

Il allait voir finir sa pénible existence,

Lorsqu'il imagina que par son éloquence

Il pourrait bien toucher le cœur

De son ennemi vainqueur.

« Monseigneur, lui dit-il, en aucun tems, j'espère

« Ne vous avoir fait tort; que me voulez-vous donc?

« Daignez de mon trépas m'apprendre la raison. »—

« Mon état, dit le chien, est de faire la guerre

    « A tes pareils; dans les bois de régner;

     « Mon goût, d'acquérir de la gloire. »—

« Seigneur, dit le lapin, vous avez la victoire;

« Pour en doubler l'éclat, veuillez bien m'épargner:

« Ce bienfait à jamais vivrait dans ma mémoire.

« Qu'ajoutera ma mort d'illustre à votre histoire!

« Un tel fait est commun dans vos fameux exploits;

« Mais laissez-moi la vie, et qu'on puisse à la fois

« Vous appeler des noms de César et d'Auguste. »—

« C'est, morbleu! dit le chien, raisonner assez juste,

    « Et je me sens tenté de t'écouter,

« Car je suis bon , sans me vanter ;

« Oui, je veux essayer de ta reconnaissance. »

Héros vainqueurs, par la clémence

Votre gloire doit éclater.

FABLE VII.

LE LIVRE ET LE RAT.

CERTAIN volume, fort savant,

Eut un jour l'entretien suivant

Avec un rat à jeun, qui, cherchant de quoi vivre,

Venait dans ses feuillets puiser des alimens.

« Seigneur, dit le premier, qui parlait comme un livre,

« Ayez pitié de moi, suspendez de vos dents

« Les terribles effets... » — « Ce vieux bouquin m'étonne;

« Vraiment, quand chacun l'abandonne,

« Il se plaindrait de moi qui viens le dévorer ! »

Dit l'autre en se moquant. — « Votre altesse est trop bonne ;

« J'ai cru qu'elle voulait (le ciel me le pardonne)

« Tout simplement me déchirer. »

FABLE VIII.

L'HORLOGE ET LE CADRAN SOLAIRE.

A Mme LA MARQUISE DE GROLLIER.

Sur le riche fronton d'un édifice immense,

Près d'une belle horloge, interprète du tems,

Le plus simple cadran, sans art, sans élégance,

Du soleil proclamait les oracles constans.

    Dans leur but, dans leur caractère,

Comme il se rencontrait quelque conformité,

Le mobile puissant de la rivalité

    Vint entre eux exciter la guerre.

L'horloge commença : « Voisin, en vérité,

  « J'ai réfléchi qu'il n'existe pas d'être

« Moins utile que toi dans tout notre univers ;

« Tu me rendrais service en me faisant connaître

     « A quoi tu sers.

   « La nuit, d'abord, te laisse peu d'ouvrage ;

   « Même, en plein jour, le plus léger nuage

« Qui pâlit de Phébus les rayons éclatans,

    « Nous dérobe encor tes talens.

   « De tout ceci la preuve est près, j'espère :

« L'orage en ce moment obscurcit l'atmosphère.

    « Que nos destins sont différens !

    « A chacun je suis nécessaire,

     « Chacun prend conseil de moi ;

« Maint rendez-vous se donne sur ma foi ;

« Le monde entier me considère,

« Et je veille pour lui. » L'horloge effrontément

Frappe aussitôt d'un coup l'airain retentissant,

Et du voisin muet sous cape elle se rie.

Soudain le soleil brille, et l'autre alors s'écrie :

« Tu te trompes, voisine, il est une heure un quart. »

Reconnais donc par là, superbe espèce humaine,

Que la nature en sait bien plus que l'art,

Et que dans ses arrêts elle seule est certaine.

FABLE. IX.

LE BATELEUR.

CERTAIN bateleur de la foire

Criait bien fort : « Entrez, Messieurs ;

« Entrez, et vous verrez deux chevaux, j'en fais gloire,

« Qui surprendront les plus grands connaisseurs :

« L'un est couleur de rose et l'autre de cerise ! »

Du prodige aisément le vulgaire est épris ;

On paie, on entre en foule. Ah ! qu'elle est la méprise !

Chacun crie : « Est-ce là ce qu'on nous a promis ? » —

« D'où peut provenir ce murmure,

« Répond le bateleur ; Messieurs, je vous assure

« Que tout ce que j'annonce ici je le fais voir :

« Voilà bien deux chevaux. » — « Oui, l'un blanc, l'autre noir,

  « Beau phénomène ! à vous en croire... » —

« Mais sans doute, dit-il, messieurs les amateurs,

  « Examinez bien leurs couleurs :

  « Rose blanche, et cerise noire. »

FABLE X.

·◦·◦·◦◦·◦◦·◦·

POLYCRATE.

REDOUTONS d'être trop heureux!

En ouvrant l'histoire, l'on trouve

Plus d'un exemple qui nous prouve

Que l'excès en ce genre est souvent dangereux.

Je vais en citer un : le tyran Polycrate,

A Samos, dès long-tems, exerçait son pouvoir.

L'un de ses vrais amis (un prince en peut avoir)

Lui dit : « La fortune vous flatte,

« Elle vous comble de faveurs ;

« Mais, croyez-moi, prévenez son caprice,

    « Et, pour éviter ses rigueurs,

« D'avance, imposez-vous quelque grand sacrifice »

Polycrate goûta le conseil d'Amasis.

    Il fait tirer de sa cassette

    Un diamant du plus grand prix;

En sa présence, à la mer on le jette.

Deux jours après, un pêcheur, en soupant,

Dans le corps d'un poisson trouva ce diamant,

    Et, ne sachant qu'en faire,

    Pour en tirer quelque salaire,

Vint l'offrir au palais. « Seigneur, dit Amasis,

    « Craignez des destins ennemis;

« Vous êtes trop heureux : la fortune inconstante

« Sans doute vous réserve une chute éclatante.

« Vous expierez un jour ses perfides bontés. »

Il eut raison : bientôt les peuples révoltés,

Las du joug de la tyrannie,

A l'heureux Polycrate arrachèrent la vie.

———————

FABLE XI.

LE PAON RÉGALANT L'AIGLE.

Pour un aigle fameux dans tout le voisinage,

Le paon un jour se mit en frais.

Il ne savait qu'inventer en apprêts,

Pour recevoir un si grand personnage.

Il faisait bon voir avec quel fracas

Il remuait tout dans sa niche;

Comme il faisait ses embarras

Pour paraître puissant et riche.

Il invita, pour ce grand jour,

  Toute la gent volatile

A plus d'une lieue à l'entour;

Il fit apporter de la ville

Force mets des plus délicats;

Bref, rien ne lui coûtait; tout doit être facile

  Quand on reçoit des potentats.

Le régal fut parfait : l'aigle parut fort aise;

De son accueil, au paon, fit plus d'un compliment,

  Lui prodigua mainte fadaise

Dont celui-ci se paya largement.

Et bien lui prit, car, la fête finie,

Pour tout potage il lui resta l'honneur

D'avoir traité si grande compagnie.

  Avec quels regards de douleur

Du haut en bas il parcourait son gîte,

Cherchant quelque relief! Mais l'aigle , avec sa suite,

   Avait tout bu , tout mangé , tout pillé.

Encore le festin n'était-il pas payé.

FABLE XII.

LE CHAR.

Un phaëton, guidant quatre coursiers poudreux,

Aux deux premiers criait sans cesse :

« Si vous ne doublez de vitesse,

« Vos compagnons bientôt vous tiendront derrière eux. »

Puis, disait à ceux-ci : « Mes amis, du courage !

« Volez donc, piquez-vous d'honneur,

« Et dépassez, par votre ardeur,

« La tête de l'attelage. »

Un passant, étonné de cette double erreur,

4.

Dont le cocher leurrait son équipage,

S'imagina paraître sage

En lui disant,

D'un ton pédant :

« Ne te fais-tu pas conscience

« D'abuser ainsi l'ignorance ? » —

« Eh qu'importe ! le char avance. »

FABLE XIII.

LA FORTUNE DESCENDUE SUR TERRE.

Lassé des plaintes éternelles

Que lui portait le genre humain

Contre la Fortune, un matin

Jupiter dit : « Prenez votre bandeau, vos ailes,

« Ma fille, et descendez aux lieux

« Où l'on déplore votre absence.

« De l'Olympe, de chez les dieux

« Vous ne bougez point, et je pense

« Que les pauvres mortels n'ont pas tout à fait tort

« Après vous de crier si fort. » —

« Si vous saviez à quoi servira mon voyage,

« Reprit-elle, seigneur ! n'importe, j'obéis. »

Et, sans raisonner davantage,

Elle prend son essor, parcourt tous les pays

De l'ancien et du nouveau monde,

Les plus connus, les derniers découverts ;

Bref, tous les coins, recoins de ce vaste univers,

Par elle sont visités à la ronde.

Il n'est royaume, empire, états

Constitutionnels, ou bien immédiats,

Il n'est ville, bourg ni village,

Jusques au plus petit hameau,

Que la déesse, en son zèle nouveau,

N'honore de son passage.

Quand elle eut achevé ce long pélerinage,

Elle remonta vers le ciel,

Et dit à Jupiter : « Eh bien ! seigneur, j'espère

« Qu'à présent le courroux mortel

« Doit s'apaiser. »—« Bien au contraire,

« Il est plus fort qu'à l'ordinaire. »—

« J'ai visité pourtant toute la terre,

« Et, s'il faut l'avouer, contre moi, franchement,

« Entendu murmurer assez injustement;

« Mais j'avais beau, sur la route,

« M'annoncer, proclamer mon nom,

« L'on me riait au nez; vous radotez, sans doute,

« Me disait-on; vous, la Fortune, oh! non;

« Vous nous croyez donc sans cervelle?

« Vous verseriez sur nous les trésors du Pérou;

« Vous seriez sur un char dont la roue étincelle

« De perles, de rubis; tandis que vous, la belle,

« Marchez à pied, aveugle et sans le sou !

« A d'autres ! » Et chacun, sans crier casse-cou,

« Me plantait là. Vous jugerez, je pense,

« Que ce n'est point ma faute, en vérité.

« Si les hommes n'ont pas cette fois profité,

« Pour leur bonheur, de ma présence,

« N'en accusons donc plus que leur imprévoyance

« Et leur incrédulité. »

Sous quelque forme et de quelque côté

Qu'à la Fortune il plaise d'apparaître,

Pour la saisir à tems, sachons nous préparer.

Tout n'est pas de la rencontrer,

Il faut encor la reconnaître.

FABLE XIV.

LES POMMES DE JUPITER.

Pour policer le genre humain,

Jupiter inventa soudain

Le mariage,

Espérant par là rendre enfin

L'homme à la fois plus heureux et plus sage.

De notre espèce, en sa bonté,

Pour fixer la félicité,

Le dieu voulut former unions assorties.

Or, de pommes, qu'en deux parties

On découpait devant ses yeux,

De sa divine main il saupoudra le monde,

Déclarant que l'hymen ne pourrait être heureux

Qu'après qu'en la machine ronde

Chacune des moitiés aurait joint sa moitié.

Dès lors, l'une souvent courut en Amérique,

Quand l'autre l'attendait sur les côtes d'Afrique.

Ce fut toujours depuis vraiment grande pitié

De voir chacun voyager sur la terre

Pour rencontrer... On ne rencontre guère.

FABLE XV.

❖❖❖❖❖❖

LE CHÊNE.

Un chêne jusqu'aux cieux osait porter sa tête,

Et depuis cent hivers osait de la tempête

Braver le redoutable effort :

Mais elle a résolu sa mort !

Il lutte, il cède, il crie, il tombe, et sa défaite

Écrase les buissons qui s'élevaient en paix

Sous le perfide abri de son feuillage épais.

Les loups, au bruit sortis de leur retraite,

S'arrêtent étonnés, admirent du vaincu

5

L'énormité!... « Nous n'aurions jamais cru,

    « Disent-ils, du vivant du chêne,

      « Qu'il fut si grand! »

    Amis, ce conte nous apprend

Ce qu'il en est de la grandeur humaine.

Toujours elle accable en tombant

Ceux qu'à ses pieds leur intérêt enchaîne;

Et le monde ne sait bien juger le puissant

Qu'après qu'il est dans le néant.

FIN DU LIVRE PREMIER.

Livre Second.

FABLES.

LIVRE SECOND.

FABLE I.

LA PIERRE A FUSIL.

« Sur mon chemin, dans la poussière,

« Je te heurte, et d'une pierre,

« Aussi commune, aussi grossière,

Jaillit le feu ! » —

« La chose a lieu

« De t'étonner ; pour toi, peut-être, elle est nouvelle :

5.

« C'est que je suis, sans me vanter,

« Semblable aux gens d'esprit; je brille, j'étincelle,

« Quand je trouve à qui me frotter. »

FABLE II.

LE LOUP A LA CHASSE.

A Mme LA DUCHESSE DE DURAS.

Par une meute animée au carnage,

Un jeune daim était mis aux abois;

Mais son agilité, sa ruse, son courage,

La grande habitude du bois,

Et la présomption, naturelle à son âge,

Lui donnaient quelque espoir d'échapper à la mort;

Même il était déjà presque hors de la vue,

    Lorsqu'une aventure imprévue

Vint décider autrement de son sort.

    Certain loup, que les cris de guerre

De sa retraite avaient fait déloger,

    Contre son gibier ordinaire

    Voyant les coups se diriger :

« Si je pouvais, dit-il, me mettre de la chasse,

    « J'y remplirais fort bien ma place,

« Et j'aurais du profit sans courir de danger :

    « Il ne s'agit que de payer d'audace. »

Le voilà dans la meute, et de tous ses moyens

    Il la seconde, l'encourage ;

Modère tant qu'il peut son organe sauvage

(Car il faut aboyer, dit l'autre, avec les chiens),

    Et compose son personnage

De façon qu'aucun des chasseurs

Ne pût le soupçonner de n'être pas des leurs.

Ce loup, qui dès long-tems habitait la contrée,

En avait appris les détours

Au péril de ses propres jours;

La meute, de sang altérée,

Grâce à son habile secours,

Eut bientôt atteint sa proie.

De l'animal vaincu le funeste trépas

Fut au loin signalé par mille cris de joie.

Celle du loup ne dura pas.

Dès que de la victime on eut fait le partage,

Et sitôt que des combattans

La victoire eut calmé les sens,

A l'allié dont le courage

Les faisait triompher en cette occasion,

Chacun vint témoigner son admiration.

Maître loup à sa gloire eût voulu se soustraire,

Mais il n'était plus tems, car on ne tarda guère

    A le connaître ; et la troupe, soudain,

        L'envoya rejoindre le daim.

        D'un imprudent auxiliaire

        Tel est l'ordinaire destin :

Aujourd'hui l'on s'en sert, on s'en défait demain.

FABLE III.

LA SARCELLE.

Je ne sais quel événement

Avait conduit une jeune sarcelle

Sur le bord d'un torrent, dont l'onde, fraiche et belle,

Roulait si précipitamment,

Qu'à tout moment

Elle tremblait pour sa vie,

Et n'osait y nager,

Y boire seulement, sans frémir du danger

Qu'elle courait d'être engloutie.

Après avoir supporté quelques mois

    Cette pénible inquiétude,

Sans en pouvoir contracter l'habitude,

    Elle prit une bonne fois

    Son parti de chercher asile

    Sur un rivage plus tranquille.

Elle part, elle avise un étang dont les eaux

Calmes, sans mouvement, l'invitent au repos.

Elle s'abat, s'y plonge en toute confiance,

Boit à longs traits cette onde avec avidité,

    En disant : « quelle jouissance

    « Peut valoir la sécurité? »

    Hélas! notre pauvre étourdie

    Paya bien cher un court plaisir,

    Car cette eau, stagnante et croupie,

    La fit mourir!

Lecteur, ce conte vous présente

Deux vérités faciles à saisir :

L'une, qu'il faut redouter l'eau dormante ;

Et l'autre, que la peur d'un danger apparent

Nous fait souvent tomber dans un plus grand.

FABLE IV.

MON CHIEN DIAMANT.

DIAMANT, un matin, tenté de voyager,

Et jaloux d'être un peu son maître,

Imagina de déloger.

Quand on est jeune on a tant à connaître !

Le désir de savoir

Et de voir,

Lui fit quitter la dépendance

Pour aller courir le pays,

Au risque de mener une triste existence,

Sans pain, sans maître et sans logis.

De l'abandon de l'infidèle

Je pris mon parti sagement,

Et, pour le remplacer, j'achetai promptement

Une petite chienne, aimable, jeune et belle.

L'autre, je ne sais trop comment,

En apprit bientôt la nouvelle :

(Parmi les chiens apparemment

Il se trouve aussi des commères

Qui d'autrui savent les affaires).

Le croirait-on ? ce que l'attachement,

Les bons soins, le bon traitement,

Avaient en vain tenté sur Diamant,

Je l'obtins de la jalousie ;

Car, plus tendre et plus caressant,

De lui-même, il revint gaîment

Prendre sa chaîne à l'écurie.

FABLE V.

⬧⬧⬧⬧⬧⬧

L'HORLOGER ET SON VOISIN.

Un amateur de mécanique

Visitait un jour la boutique

De son voisin, maître horloger.

Il examinait chaque roue,

Chaque ressort, de tout voulait juger.

Ayant bien regardé : « voisin, dit-il, je loue

« L'idée et le fini de ce beau mouvement;

« Il doit vous faire honneur : mais dites-moi comment,

« Dans un aussi brillant ouvrage,

6.

« Se rencontre un défaut que j'ai bien aperçu?

« De l'achever tout seul n'ayant pas le courage,

« Vous en aurez chargé quelque apprenti, je gage,

« Qui se sera trompé, sans doute, à votre insu?

« Cette vis me paraît trop simple et trop grossière;

« Elle dépare tout. » — « Eh! vous n'avez pas tort :

« Mais sans elle, que puis-je faire?

« C'est cette vis qui tient la cheville ouvrière

« D'où dépend tout l'accord. »

Ainsi l'homme, dans la nature,

Veut juger sans comprendre; il se plaint du hasard.

Hélas! combien il fait injure

A celui dont la main mystérieuse et sûre

Fait qu'au vaste concours chaque chose a sa part.

FABLE VI.

CHRISTOPHE COLOMB.

La sombre envie attaque tout :

Rien ne peut apaiser sa langue déchirante ;

Rien ne peut contenter son humeur exigeante ;

Le mérite d'autrui n'est jamais de son goût.

Christophe, ce héros, ce génie admirable,

Dont l'essor découvrit un second univers,

Fut en butte à ses traits pervers.

Loin de vanter sa gloire, un censeur méprisable

Cherchait à rabaisser ses illustres travaux.

« Penses-tu, disait-il, que ces pays nouveaux

« Nous fussent inconnus? Non, non, leur existence

« N'était chose incertaine, et chacun savait bien

 « Qu'au sein de cette mer immense

« Un monde était placé. Pour moi, je me souvien

« De l'avoir dit cent fois bien avant ton voyage. »

Colomb prenant un œuf : « Fais-le tenir debout,

« Ami, lui répart-il. »—« Pourquoi ce badinage? » —

« Fais toujours... » Le censeur n'en put venir à bout.

Colomb pour l'aplatir le casse... « Ah! c'est facile, »

 S'écrie aussitôt l'envieux.

« Que ne l'as-tu trouvé? Tu n'es donc guère habile. »

L'événement venu, chacun, à qui mieux mieux,

Dit : « Je l'avais prévu. » Mais nul de l'entreprise

Ne s'est chargé. Pourquoi? Faut-il que je le dise!

FABLE VII.

LA FOURMI.

Une fourmis, en furetant,

Trouva les restes d'un fromage.

« Bonne provision pour mon petit ménage ;

« Mais le butin, dit-elle, est si pesant,

« Qu'il me faudra de la constance

« Pour le pouvoir traîner seule jusqu'au logis;

« Et si j'emprunte l'assistance

« De mes compagnes les fourmis,

« Elles voudront partager les profits,

« Ce qui serait encor bien pis.

« Essayons donc... » Elle pousse, elle tire

Sans ébranler seulement le fardeau ;

Elle redouble, souffle, elle se met en eau,

Et de fatigue enfin sur sa proie elle expire.

Combien de généraux, jadis et de nos jours,

Ont de même perdu leur armée et leur gloire,

Pour s'être passés de secours

Qu'il eût fallu payer d'une part de victoire !

FABLE VIII.

LE JEUNE CHAT ET LA JEUNE SOURIS.

Pour essayer ses pas, une jeune souris

 Rôdant un jour dans la cuisine,

Rencontra le dernier, le plus enfant des fils

 De Raton et de Grisemine.

Un même pot de beurre, un seul sac de farine

 Firent tous les frais du dîner

 De ce couple plein d'innocence

  Et d'ignorance.

Chacun, bien loin de deviner

A quel hôte il avait affaire,

Ne songeait qu'à la bonne chère ;

Et même la souris jugea son commensal

Gai, vif, plein de finesse et de grace légère,

En tout un aimable animal.

Celui-ci la trouvait, de son côté, gentille,

A croquer... Chacun d'eux, le soir, dans sa famille,

Fit en rentrant les plus touchans récits

Des plaisirs de cette journée

Qui lui semblait si fortunée.

Des deux parts ce furent beaux cris !

Le pauvre peuple des souris,

De joie et de reconnaissance,

Entonna vite, en cette circonstance,

Un *Te Deum* suivi d'un beau sermon,

Pour démontrer à l'étourdie

Le danger de hanter trop haute compagnie.

Pendant ce tems le fier Raton,

S'abandonnant à sa juste colère

Et plus honteux qu'un général surpris,

Rossait, dit-on, monsieur son fils,

Pour lui donner du grand art de la guerre

Cette utile et sage leçon :

Qu'il ne faut pas laisser s'enfuir l'occasion.

FABLE IX.

L'ABEILLE.

Une abeille, en lointain pays,

Fut surprise par un orage.

Point de maison, point de feuillage

Où se cacher. Retourner au logis ?

Elle eût été mille fois engloutie

Avant que d'arriver.

Que faire ? Cependant qu'elle était à rêver,

Elle sentait grossir la pluie ;

Son embarras devenait sérieux,

Lorsque tout à coup à ses yeux,

Pour la sauver, s'offré une rose amie.

Elle y court; en son sein se blottit doucement;

De deux feuilles qu'elle replie

Se forme des rideaux, et, dans ce lit charmant,

S'endort d'un sommeil imprudent,

Car bientôt un passant

La surprit, et lui fit racheter de sa vie

Cet instant de repos et ce trait de génie.

Son exemple est souvent parmi nous imité.

Combien de gens, qui ne sont pas plus sages,

Contre les dangereux orages

Par qui l'homme ici bas sans cesse est agité,

N'ont trouvé leur abri que dans la volupté!

FABLE X.

LE CHARRETIER.

Engagé, malgré lui, dans un chemin fangeux,
Un pauvre charretier travaillait de son mieux
    A s'arracher d'une profonde ornière :
        Mais il s'efforçait vainement;
    A peine pouvait-il s'en tirer un moment,
    Que la roue y glissait de nouveau tout entière.
        Cris, juremens, rien n'y faisait;
    Il retombait toujours dans la fatale ornière,
    Et n'en fut délivré qu'au bout de son trajet.

Ce chemin, c'est vraiment la route de la vie;

L'homme est un pauvre voyageur

Qui glisse à chaque pas; et l'ornière ennemie,

C'est la ligne que notre humeur

Nous trace et nous condamne à suivre

Aussi long-tems qu'il nous faut vivre.

~~~~~~

FABLE XI.

❖·❖·❖❖·❖·❖·

LE VAISSEAU.

REGARDEZ ce vaisseau qui sur l'onde s'avance ;

La vague, avec fracas, se brise en blanchissant

Contre son flanc retentissant ;

Le flot s'entr'ouvre à sa présence,

Et son passage est encore attesté

Par un sillon, dont la courte existence

S'efface dans l'immensité.

J'y trouve la fidèle image

De tel important personnage,

De plus d'un grand événement

Qui s'annonce avec bruit, et met, pendant qu'il passe,

Toute la terre en mouvement,

Mais dont le plus souvent

En peu d'instans s'anéantit la trace.

FABLE XII.

LE MOUCHERON ET LE ROI.

Quelque pouvoir, quelque richesse

Qu'on possède ici bas, le plus petit malheur,

Le plus léger chagrin en trouble la douceur.

Les enfans gâtés du bonheur

Ont sur ce point trop de délicatesse,

Et du sort la moindre rigueur

Leur semble un excès de détresse.

Les exemples ne manquent pas

Pour appuyer ce que j'avance,

Et je choisis celui d'un roi dont la puissance

    S'étendait sur trois beaux états.

Ce prince, un jour prenant le plaisir de la chasse

    (Plaisir, comme on sait, cher aux rois),

Dans le coin de son œil se niche avec audace

    Certain moucheron aux abois.

    « Vil insecte plein d'insolence ! »

    Dit le potentat irrité,

    « As-tu bien la témérité

  « De me causer autant d'impatience !

    « Tu me donnes plus de tourment,

      « En ce moment,

    « A toi seul, que mon parlement.

« Ne te laissé-je donc encore assez d'espace

    « Dans mes trois royaumes unis ?

     « Et ce vaste pays,

FABLES.

« Ne peut-il t'offrir d'autre place

« Où te loger que dans mes yeux ?

« Ah ! que les rois sont malheureux ! »

FABLE XIII.

LE LYS.

« Tendre zéphyr, pourquoi me caresser,

« Et pourquoi m'incliner vers cette aimable pente

« Où ton souffle trompeur se plait à me bercer? »

Disait un jeune lys. « La fortune inconstante

« Sans doute me réserve un sort bien différent.

« Ah! loin de moi! fuis, zéphyr imprudent!

« Ne reviens plus, par ta douce influence,

« Me faire rêver le bonheur :

« Ne sais-tu pas que l'acier destructeur,

« Tantôt, de mon voisin a tranché l'existence

« Que tu charmais... Adieu, pour moi plus d'espérance? »

FABLE XIV.

LES NUAGES.

Lorsqu'au loin les enfans découvrent un nuage,

Chacun, selon son goût, veut y trouver l'image

D'une montagne ou d'un château,

D'un capucin ou d'un gâteau.

Approche-t-il, chacun espère

Y distinguer encor bien mieux

L'objet de son choix, de ses vœux ;

Et c'est pourtant tout le contraire.

Le nuage s'avance, il passe, disparaît

   Sans rien tenir de ce qu'il promettait.

    Vu de loin, plus d'un caractère

Ainsi peut éblouir : on le croit généreux,

Bon, noble, grand; quand on le connaît mieux,

    On s'aperçoit de la chimère.

FABLE XV.

 ·+·+·+·+·+·+·+·

LE CHÊNE ET L'ORMEAU.

Le chêne, orgueil de la forêt,

Dépérissait dans la force de l'âge.

Un jeune ormeau du voisinage,

Témoin de sa langueur, pleurait

Et son antique éclat et son propice ombrage.

« Hélas! dites-moi donc, seigneur, »

Lui demandait l'ormeau, d'un ton plein de candeur,

« Qui produit en vous ce ravage? » —

« Ami, l'autre jour, » lui répond

Le chêne infortuné d'une voix expirante,

« Le jeune enfant du bûcheron,

« En essayant sur moi sa main tremblante,

« D'un coup de sa coignée a causé mon malheur. » —

« Quoi! cette faible créature?... » —

« Tu le sauras un jour, ami; toute blessure

« Porte la mort, quand elle atteint le cœur. »

FABLE XVI.

LA BETTERAVE.

A MADAME LA COMTESSE DE GENLIS.

Parmi les gens connus qu'une loi menaçante

Retint long-tems loin de notre pays,

Le sucre se trouva compris,

Car sa grande douceur, chose fort surprenante,

Ne l'avait pu mettre à l'abri

De la rage toute-puissante

D'un féroce parti.

Il fallut donc de sa présence,

8.

A grand regret, se passer,

En attendant le jour où de la belle France

L'esclavage devait cesser.

Ce jour enfin brilla : le sucre, en diligence,

Accourt; mais qu'apprend-il? quel déplorable bruit?

« En croirai-je la renommée?

« Une obscure plante, nommée

« Betterave, dit-on, usurpe mon crédit,

« Mes droits, mes qualités! ô fureur sans égale! »

A ses yeux, tout à coup, apparaît sa rivale;

Le sucre se confond en reproches amers :

« Eh quoi! dit-il, c'est toi, toi, qui sors de sous terre,

« Qui veux me supplanter... j'écume de colère. » —

« On voit bien que tu viens de par-delà les mers,

« Mon pauvre ami, » lui répart-elle

Avec sa froideur naturelle;

« Tu n'es plus du tout au courant

  « Des mœurs de notre hémisphère ;

    « Oh ! vraiment,

« Ta fureur est trop singulière :

« Crois-moi, nous aurions bien grand tort

« De ne pas vivre en bon accord,

« Car, pour finir en deux mots la chicane,

  « Si tout ce qui luit n'est pas or,

  « Tout ce qui sucre n'est pas canne. »

FIN DU SECOND LIVRE.

Odes.

ODES.

ODE

SUR LES RAPPORTS DE L'HOMME

AVEC LA NATURE.

·❦·❦·❦❦·❦·❦·

Nature, ton œuvre immense

Se développe à mes yeux ;

Sur les pas de la science

Je suis tes détours nombreux :

Mais dans tes pompeux mystères

S'engloutissent nos lumières ;

En vain l'esprit scrutateur

Voudrait pénétrer tes causes,

Il ne voit en toutes choses

Que la preuve d'un auteur.

L'étude interroge et sonde

Les eaux, la terre, et les cieux;

Devant ses regards le monde

Vient se réduire en ces lieux (2).

Chaque moment y voit l'être

A l'infini reparaître;

Des millions d'élémens

Concourent au vaste ensemble;

Et la main qui les rassemble

En règle les mouvemens.

Homme! sous toutes les formes

L'univers doit t'obéir;

Parle, et des monstres énormes

Devant ton joug vont fléchir!...

Ta puissance serait vaine

Si l'éléphant qu'elle enchaîne

De sa force était instruit;

Et le verrais-tu servile

Courber sa masse docile

Sous ta loi qui le conduit?

Dans sa course passagère,

Au sein des airs bienfaisans,

La multitude légère

Craint-elle tes pas pesans?

I

Mais pourtant ce peuple agile

Est la victime facile

De stratagèmes constans,

Et, du haut de l'atmosphère,

Vient se perdre sur la terre

Dans les lacs que tu lui tends.

Ces habitans que sous l'onde

La nature a su cacher,

De leur retraite profonde

Ta main les veut arracher;

D'une perfide apparence

Tu séduis leur imprudence;

Vers toi guidant leur erreur,

Ton adresse les entraîne,

Et te les soumet sans peine,

Trahis par l'appât trompeur.

Te crois-tu d'une autre essence

Que ces êtres tes sujets?

Vois sous ta folle puissance

L'abîme où tu te plongeais.

Cet universel empire,

Où ta vanité s'admire,

N'est point un droit, mais un don;

Le ciel, dans un corps semblable

A la brute misérable,

A fait luire la raison.

De son influence habile,

ODES.

Règle de tes sentimens,

Ton autorité fragile

A reçu ses fondemens.

Par elle tu vois sans cesse

Tes bornes et ta faiblesse.

A l'envi, pour te servir,

Tout s'annonce sur la terre;

Mais par toi, maître éphémère,

Rien peut-il naître ou finir?

Lorsque, du fond de la mine,

Tes ambitieux efforts

De l'or que ta soif devine,

Tirent les brillans trésors,

Cette éclatante matière

A ta puissance trop fière

Ne pense pas la devoir.

De créer es-tu capable?

Non : le dernier grain de sable

Surpasse tout ton pouvoir.

De l'homme j'ai vu les restes

Envahis par le trépas ;

Mais, dans ces débris funestes,

Je ne le retrouve pas.

Ils ne sont plus que poussière ;

Et ces rayons de lumière

Qui les venaient enflammer,

Au bout d'une prompte course

Ont remonté vers leur source,

Lassés de les animer.

9

Telle une lampe brillante,

Dans un antre ténébreux,

D'une lueur éclatante

Répand le jour glorieux.

Soudain à sa clarté pure

Succède une nuit obscure;

Notre esprit en vain poursuit

Son existence fragile,

Et son essence subtile,

Sans cesser d'être, nous fuit.

Ainsi l'âme, feu sublime,

Dirigeant tous nos ressorts,

Par l'action qu'elle imprime

Peut seule animer les corps.

Perdent-ils son assistance,

De leur précaire existence

La lueur a disparu ;

L'âme, indestructible reste,

S'élève toute céleste

Vers un séjour inconnu.

FRAGMENT D'ODE. (3)

Loin de moi les âmes vulgaires

En qui le vice séducteur

De ses délices mensongères

A versé le fiel corrupteur !

C'est aux âmes pures, nouvelles,

Que des vérités éternelles

L'accent divin doit s'adresser;

Et c'est sur la simple innocence
Que leur bienfaisante influence
A le pouvoir de s'exercer.

Aveugles habitans du monde,
Dans quel abîme vous conduit
L'erreur où votre espoir se fonde,
Le faux éclat qui vous séduit ?
Esclaves d'une ombre légère,
Vous vous arrogez sur la terre
L'universelle autorité ;
Et votre esprit insatiable,
De se bien juger incapable,
Se croit grand de sa vanité.

Que sont ces trésors magnifiques

Brillant à nos yeux éblouis,

Cet éclat des races antiques,

Ce renom, ces faits inouis?

Vains honneurs, gloire passagère,

Tout s'engloutit dans la poussière

Avec nous, au jour où la mort

Puise dans son urne fatale

Ces noms qu'une rigueur égale

Tour à tour livre au même sort.

Que dis-je? de tant de puissance,

D'honneurs, de titres éclatans,

Rien n'est plus? le trépas s'avance,

Tout se perd sous l'ombre du tems ?

Non, non, dans ces momens funestes

Nous voulons sauver quelques restes ;

Et, par des tombeaux merveilleux,

Transmettant les nobles prodiges

Qui signalèrent nos aïeux,

Nous consacrons nos vains prestiges.

Vous, qu'un pompeux éclat couronne,

Des peuples maîtres menaçans,

Rois, que la terreur environne,

Que le siècle nomme puissans,

Un moment rentrez en vous-mêmes ;

Dites : que sont, hommes suprêmes,

Vos faveurs ou votre courroux

Près du pouvoir incomparable

Du seul souverain véritable

Qui, de tous tems, règne sur tous!

———◆———

ODE

CONTRE LES CALOMNIATEURS.

FLÉAU cruel, monstre odieux,

Impitoyable Calomnie,

Contre ta sombre tyrannie

J'invoque le courroux des cieux.

Puissent leurs foudres formidables

Confondre tes vils artisans,

Et contre ces lâches coupables

Renvoyer leurs traits malfaisans !

Tout chargés de honte et de vice

Ils osent lancer un arrêt,

Et le châtiment n'est pas prêt

Pour frapper leur noire injustice !

Eh quoi ! l'humble et timide honneur

Doit-il succomber la victime

Du souffle calomniateur

Qu'exhalent ces suppôts du crime ?

Le juste excite leur courroux

Par sa solide indépendance,

Et leur orgueilleuse puissance

Le veut déchirer sous ses coups :

C'est que dans sa droiture austère,

Docile à l'élan de son cœur,

Il n'a pas plus craint leur colère

Qu'il n'a recherché leur faveur.

Dans une infernale alliance

Ils ont distillé le venin

Que bientôt leur langue sans frein

Vomira contre l'innocence;

Ils ont juré jusqu'au trépas

De l'accabler de leur vengeance :

Et comme une ombre sur ses pas

Leur rage s'attache et s'élance.

Le monde sujet à l'erreur,

Et de troubles toujours avide,

A répété l'accent perfide

Que fit retentir leur fureur.

Mais cette féroce imposture

Se dissipe enfin à ses yeux :

La vérité céleste et pure

Reprend son niveau glorieux.

Alors de tous leurs artifices

On reconnaît l'iniquité ;

Alors l'opprobre mérité

Couvre tous ces lâches complices ;

Le ciel enfin pour les punir,

Prépare son puissant tonnerre,

Et leur front, qui ne peut rougir,

Va se cacher dans la poussière.

ODE

SUR L'HOMME FATAL. (4)

Un homme offrit au monde un étonnant spectacle ;

Il semblait s'élever de miracle en miracle ;

Le ciel veillait sur lui, bénissait ses erreurs,

Couronnait ses fureurs.

Il devait s'engloutir dans sa folle entreprise ;

Il en sort triomphant... Dieu de son entremise

Se sert pour accomplir ses augustes décrets,

Et punir nos forfaits.

La raison le réprouve et proclame sa chute,

Mais il reste debout ; et, vainqueur dans la lutte,

Affermit son orgueil sur un immense appui

Qu'il croit tenir de lui.

Ce secours invisible effaçait sa bassesse,

Prévenait sa défaite, étayait sa faiblesse ;

Il se rêvait puissant, l'aveugle ambitieux,

Frêle instrument des cieux !

Soudain il voit crouler sa grandeur éphémère ;

Mais avant de tomber il embrase la terre ;

Il souille le présent : son fatal souvenir

    Flétrira l'avenir.

Cette ardeur de révolte et ce sombre délire,

Ces coups tumultueux qui soulèvent l'empire,

Nous atteignent d'en haut : l'universel auteur

    Prend l'homme pour acteur.

Ces drames imposans, dont la terre est la scène

Sont tracés dans le ciel ; et la raison humaine

S'étonne qu'un mortel, sans mérite et sans nom,

   En soit l'Agamemnon?

C'est qu'aux vastes desseins que l'Éternel arrête

Tout concourt; en ses mains tout est foudre, tempête.

Il fait d'un être obscur, qu'il saisit au hasard,

   Alexandre ou César.

Il a créé cet homme, et dit, dans sa colère :

« Verge de ma fureur, allez frapper la terre ! »

Et la terre a frémi ! L'instrument serait vain

   Sans la divine main.

Le bras qui nous gouverne est un bras invincible ;

Il est puissant et juste, il est vraiment terrible.

L'audace d'un mortel a pu faire trembler :

Dieu seul peut accabler.

Pièces diverses.

Réflexions du Soir.

RÉFLEXIONS

DU SOIR.

Salut, doux instant de minuit !

La fatigue t'invoque et le sommeil te suit.

Ton influence fortunée

Dissipe les langueurs d'une triste journée,

Et verse sur mes sens un bienheureux repos.

Morphée, en ma faveur prodigue de pavots,

De ma vie interrompt la chaîne,

Et, dans le charme qui m'entraîne,

Suspend mes soucis et mes maux.

Je vais rentrer en moi, je vais quitter un monde

Injuste, inhumain, envieux,

Qui toujours brigue, toujours fronde,

Flatte les grands dont le pouvoir seconde

Ses intérêts ambitieux,

Écrase lâchement tous ceux que leur faiblesse

Expose sans égide à ses traits odieux,

Nous déchire en secret, en public nous caresse,

Triomphe à nos revers, sourit de nos malheurs,

S'érige en tribunal des mœurs

Qu'il blesse en affectant de vouloir les défendre,

Et réussit à nous apprendre

Que l'homme en son pareil trouve un persécuteur.

L'encens qu'il devrait à l'honneur,

Il l'adresse à l'intrigue, et le prix du mérite

Est transmis à la nullité :

Elle seule lui plait; la raison s'en irrite;

    Mais son cri n'est point écouté.

Ce soir j'ai vu le vice au sein de l'opulence

Briller effrontément, affecter l'importance,

Aspirer aux égards, presque les obtenir.

Il exhalait la fourbe, et, sur son front livide,

Mes yeux ont lu ces mots : apostat, homicide.

Les objets près de lui paraissaient se flétrir;

On croyait voir encor le sang de la victime

    Colorer ses perfides mains;

On eût dit qu'il allait trahir tous les humains,

Et chacun se taisait en présence du crime !

Mais bannissons au loin ce triste souvenir,

    Et du repos qui vient s'offrir

A mon âme déchirée,

Sachons profiter et jouir,

Dût-il d'un rêve, hélas! n'avoir que la durée.

Discours

D'un des Envoyés Scythes

à Alexandre le Grand.

DISCOURS

D'UN DES ENVOYÉS SCYTHES

A ALEXANDRE LE GRAND.

(IMITATION DE QUINTE-CURCE, LIV. 7.)

·❧·❧·❧·❧·❧·❧·

Si les dieux t'avaient fait tel de corps que d'esprit,

Pour toi le monde entier eût été trop petit :

D'un bras tu toucherais aux portes de l'aurore ;

De l'autre à l'occident. Insatiable encore,

Rival du soleil même, et poursuivant ce dieu,

De sa retraite enfin tu connaîtrais le lieu.

12

Sous toi, quand les mortels auront courbé la tête,

Fleuves, neige, animaux deviendront ta conquête.

Mais le chêne orgueilleux s'élève lentement,

Et pour le voir abattre il suffit d'un moment.

Tel pour cueillir les fruits jusqu'au faîte s'élance,

Qui tombe avec la branche appui de l'imprudence.

La rouille impunément ronge et détruit le fer.

Le terrible lion du moindre hôte de l'air

Lui-même peut un jour devenir la pâture.

Nul enfin n'est assez puissant dans la nature

Pour ne rien redouter d'un plus faible que soi.

Au reste, qu'avons-nous à débattre avec toi?

Nous, à qui ces forêts ont donné la naissance,

Comment aurions-nous donc connu ton existence?

Dis; par quels démêlés sommes-nous ennemis?

Nous a-t-on vus jamais envahir ton pays?

Peu jaloux du pouvoir, rebelle à l'esclavage,

Connais le Scythe : un soc, un joug de labourage,

Une coupe, une lance, un arc, des javelots,

Voilà ce qu'il présente aux amis, aux rivaux.

Aux premiers, de ses champs il offre les prémices,

Il célèbre avec eux les pieux sacrifices ;

Il combat les derniers, les atteint de ses traits,

Et, la lance à la main, les attaque de près.

Ainsi des plus grands rois il dompta la puissance,

Et jusqu'aux bords du Nil déploya sa vaillance.

Tu poursuis, nous dis-tu, les brigands, les voleurs,

Et partout tes exploits retracent leurs fureurs.

La Perse, la Lydie ont subi ton ravage ;

Tu viens sur nos troupeaux répandre le carnage ;

Plus le sort t'a donné, plus tu veux obtenir.

Tandis que la Bactrie a su te retenir,

Le Sogdien pourtant à ton joug est rebelle.

Chaque victoire enfante une guerre nouvelle.

Le Tanaïs encor te dérobe nos champs :

Passe-le ; tu verras si nous sommes puissans.

Tes soldats sont chargés du butin de cent villes ;

Plus pauvres, nos guerriers sont aussi plus agiles.

Penses-tu nous atteindre ? On rit de nos déserts :

Oui, nous les préférons à vos pays couverts

De luxe, d'abondance, à vos cités brillantes.

De la prospérité les routes sont glissantes ;

La fortune te suit, mais peut te fuir soudain ;

Elle t'emportera, si tu n'y mets un frein.

Elle n'a que des mains et des ailes légères ;

On nous la peint ainsi : les faveurs passagères

Qu'avec séduction leur présente ses mains,

Son aile les enlève aux crédules humains.

Es-tu dieu? fais sentir ta céleste origine;

Protége les mortels par ta bonté divine;

Ne les dépouille pas. Si tu n'es qu'un mortel,

Suis la commune loi que nous trace le ciel;

Recherche l'amitié, charme de l'existence;

Mais n'attends des vaincus que haine, que vengeance.

Un esclave aime-t-il qui lui donne des lois?

Même en paix, de la guerre il conserve les droits.

Le Scythe, sans serment, observe sa parole;

Il abandonne aux Grecs cette forme frivole

De jurer leurs traités : l'homme religieux

Sait tenir sa promesse, et c'est tromper les dieux

Que trahir ses pareils : telle est notre croyance.

A quoi bon être amis, si tu n'as confiance

En notre bonne foi? Songe que nous pouvons

Défendre tes états, que nous nous étendons

Au delà de la Thrace, et que notre puissance

Finit de deux côtés où la tienne commence.

Nous sommes tes voisins : décide-toi ; choisis,

Ou de sûrs alliés ou de fiers ennemis.

Le Désir de plaire.

LE

DÉSIR DE PLAIRE.

Désir de plaire est une aimable chose :

Il nous fait doubler de valeur,

Et, par le charme heureux de la métamorphose,

Il donne de l'esprit à qui n'avait qu'un cœur ;

Il élève, échauffe notre âme ;

Par lui l'indolence s'enflamme,

La paresse s'émeut ; la plus triste froideur,

La plus superbe indifférence,

Ne peuvent résister à la vive influence

De ses feux régénérateurs.

Dès que sa chaleur nous pénètre,

Il purifie, il embellit notre être,

Réprime nos défauts, enfin nous rend meilleurs.

Quelle plus douce jouissance

Que d'être incessamment, par un charme secret,

Heureux d'un seul penser, rempli d'un seul objet?

Ah ! du désir de plaire admirable puissance !

Que de sublimes mouvemens,

Que de nobles projets, que de douces images

Font naître en nous de tendres sentimens !

De combien de vœux et d'hommages

L'ardente imagination,

En sa constante illusion,

Aime à parer l'objet qui, dans la solitude,

Dans la foule, en rêvant, ne la quitte jamais !

Désir de plaire, ô charme, ô ravissante étude,

   Quels sont tes merveilleux effets !

Bientôt je vais la voir : mon âme est ébranlée,

   Je tremble de bonheur.

   Elle paraît : ma voix troublée

Refuse son secours aux élans de mon cœur.

   Je me tais ; ma langue timide

   N'ose exprimer ce que je sens ;

   Et dans ces précieux momens,

Oubliant tout conseil, méconnaissant tout guide,

   Ma bouche a peine à proférer

Quelques mots incertains, sans rapport et sans suite...

Eh ! quoi donc, pouvais-je espérer

Près d'elle avec calcul diriger ma conduite ?

De ces sages projets préparés avec soins

Voilà le fruit... j'ai perdu mon courage

Et ma raison... Si j'aimais moins,

Ah ! j'en aurais dit bien davantage.

Épître

A M. le Cte Elzéar de Sabran.

ÉPITRE

A M. LE Cte ELZÉAR DE SABRAN,

SUR SON SÉJOUR PROLONGÉ A LA CAMPAGNE.

Ah ! cher Elzéar, quelle absence !

Ton inexorable silence

Me prouve, à si peu de distance,

De ta part trop de négligence,

Peut-être aussi de nonchalance.

Dois-je y trouver de l'inconstance ?

Dois-je y voir de l'indifférence ?

Mon amitié dans la souffrance

N'espère sa convalescence

Que d'un retour de bienveillance,

D'une marque de souvenance,

Qui puissent à mon existence

Rapporter calme et jouissance.

Ainsi donc ta correspondance,

Mieux que des docteurs l'ordonnance,

Relèvera ma défaillance ;

Car de tes lettres l'abstinence,

Et ta cruelle réticence,

Me sont bien dure pénitence.

Rappelle aujourd'hui ta clémence,

Et désarme enfin ta vengeance !

Bientôt tout Paris en cadence,

Des plaisirs offrant l'abondance,

Va, de Champage et de Provence,

Et de Bordeaux et de Coutance,

Et de Strasbourg et de Valence,

Des bords de Loire et de Durance,

En un mot de toute la France,

Voir arriver en diligence

Des beaux esprits la quintessence,

Des joyeux vivans l'affluence,

Et des deux chambres la séance.

Peux-tu donner la préférence

A ta champêtre résidence

Sur cette cité de plaisance

Où brille la magnificence,

Où règnent le goût, l'élégance,

Les jeux, les ris et la bombance;

Où la mode de sa puissance

Exerce l'active influence?

Que ton esprit dans la balance

Ne mette pas sans indulgence

Des faux savans la suffisance,

Des vils flatteurs la complaisance,

Et des bavards l'impertinence.

De ton mérite l'excellence

Aura partout la préséance.

Fais-toi donc enfin conscience

De lasser notre patience,

Et donne-nous quelque assurance

Pour la semaine qui commence.

C'est avec l'aimable espérance

D'obtenir bientôt ta présence

Que je finis ma doléance;

De la signer je me dispense :

Tu me devineras, je pense.

La Pénatéïde,

Poëme en cinq Chants.

LA PÉNATÉIDE,

POËME

SUR LE PETIT CHIEN

DE MME LA MARQUISE DE GROLLIER.

CHANT PREMIER.

Muse, encore une fois il faut prendre la lyre !

C'est toi que dans ce jour on charge de redire

Les rares qualités et les brillans travaux

D'un petit chien, si grand, qu'il n'a point de rivaux.

Dès l'enfance, arraché du sein de sa patrie,

Il n'a jamais connu ceux dont il tient la vie ;

Mais l'histoire rapporte, et je crois fermement,

Qu'il naquit sur le sol de l'empire allemand.

Orgueilleux rejeton d'une puissante race,

Il exprime en ses yeux la noblesse et l'audace ;

Ses poils touffus des lis éclipsent la blancheur,

Et pourtant sont moins blancs que le fond de son cœur ;

Son front est couronné d'une éclatante aigrette,

Il a le nez au vent et la queue en trompette.

CHANT DEUXIÈME.

Pénate, c'est le nom qu'on donne à mon héros,

Voyait couler ses jours dans un profond repos ;

Mollement retiré dans une chancelière,

Aux pieds de sa maîtresse, il ignorait la guerre,

Lorsqu'un jour... mais hélas ! ce cruel souvenir

Après un an passé me fait encor frémir !

Un jour, il remarqua qu'un sourire ironique

Régnait de tous côtés : son humeur pacifique

L'abandonne aussitôt ; une noble fierté

Le saisit. — « Pense-t-on que la timidité

14

« M'amolisse à ce point? On m'agace, on m'excite;

« Je ferai respecter la valeur qu'on irrite. »

Il dit, s'élance, mord; plus d'un nez est atteint,

Et plus d'un blanc mouchoir de sang se trouve teint;

Mais chacun, de ses dents redoutant la mitraille,

Fuit et laisse au vainqueur tout le champ de bataille.

CHANT TROISIÈME.

Excusons en Pénate un excès de valeur !

Le calme, par degrés rentrant dans son grand cœur,

Vint frapper de remords cette âme noble et pure,

Car mon héros n'est point rebelle à la nature.

Même depuis ce jour la sensibilité

Sut réprimer en lui trop de vivacité ;

Et quoique dans ses mœurs il soit éncor bien rude,

Quoiqu'il ait conservé la gênante habitude

Contre chaque venant de japper, de crier,

Il sent qu'il ne faut point aboyer à *Boyer* (5) ;

14.

Il comprend qu'il lui doit plutôt quelque caresse ;

Il conçoit tout le bien qu'il fait à sa maîtresse,

Et semble, d'un regard où se peint la douceur,

Lui dire : « Soignez-la, cher et savant docteur. »

CHANT QUATRIÈME.

Je t'ai chanté, Pénate, et ma tâche est remplie !

J'ai dit les nobles traits qui distinguent ta vie ;

J'ai vanté ta valeur, ton tendre attachement ;

J'ai fait plus, tu le sais, car chez moi fréquemment

Les faits sont accourus à l'appui des paroles.

Combien ne t'ai-je pas donné de croquignoles ?

Pour prix de mes efforts daigne donc m'épargner ;

Après moi, quand j'arrive, abstiens-toi de grogner ;

Accorde-moi, de grâce, un peu de bienveillance

Par inclination ou par reconnaissance !

Que ces vers entre nous forment un doux lien !

Je me tais... trop heureux, modeste historien,

D'offrir en monument de son mérite extrême,

Au plus petit des chiens le plus petit poëme.

CHANT CINQUIÈME.

D'un long crêpe de deuil voilez-vous, ô ma lyre !

Suspendez vos accords ; le héros qui m'inspire,

Sous le fardeau mortel d'une sombre langueur,

Succombe jeune encore. O tristesse, ô douleur !

Les soins sont impuissans : vainement sa maîtresse

L'appelle en gémissant, en pleurant le caresse :

Indifférent et sourd, pour la première fois

Il ne reconnaît plus ni sa main, ni sa voix :

Hélas ! le malheureux, à peine s'il respire !

Soudain un cri plaintif... c'en est fait, il expire.

Il n'est plus, ce modèle à jamais tant vanté

De courage, de grâce et de fidélité.

La Parque de ses jours tranche la noble trame !

La barbare l'enlève à l'amour de sa dame !

Ami sûr et constant, intrépide gardien,

Généreux serviteur, illustre et tendre chien,

Faut-il que tant d'exploits qui remplirent ta vie

Ne puissent te soustraire à la faux ennemie ?

Que de tant de vertus qui te faisaient chérir,

Il ne reste aujourd'hui qu'un triste souvenir ?...

Du moins, en franchissant le funeste passage,

De tes perfections lègue-nous l'héritage,

Pour consoler Grollier, pour qu'il lui soit permis

De trouver un Pénate entre tous ses amis !

FIN.

NOTES.

NOTES.

(1) *Page* 7.

INVOCATION A L'ÉTERNEL.

Ces vers ont été composés, en 1823, sur l'une des plus hautes montagnes des Vosges, et après une longue absence de la maison paternelle.

(2) *Page* 96, *vers* 8.

Vient se réduire en ces lieux.

J'ai écrit cette ode en revenant d'une visite au Jardin du Roi, et sous l'inspiration de ce lieu si intéressant.

(3) *Page* 105.

FRAGMENT D'ODE.

Ma première intention, en commençant ce fragment, avait été d'imiter l'ode *Odi profanum vulgus*, d'Horace.

15.

(4) *Page* 117.

ODE SUR L'HOMME FATAL.

Le sujet de cette ode se trouve dans Balzac (Socrate chrétien), et ses rapports frappans avec un personnage fameux de notre histoire moderne, l'avaient, pendant un tems, fait retrancher des éditions nouvelles de cet auteur. Je suis loin de me flatter d'avoir bien rendu la force et l'élévation de son style, mais je n'ai pu résister au plaisir d'imiter en vers un morceau aussi remarquable.

Balzac, que j'admire et que j'affectionne beaucoup, m'a aussi fourni le sujet d'une fable, *le Moucheron et le Roi*: c'est la narration d'un fait arrivé à Jacques 1er, roi d'Angleterre.

(5) *Page* 159, *vers* 10.

Il sent qu'il ne faut point aboyer *à Boyer*.

Le baron Boyer, chirurgien justement renommé. Ce jeu de mots ne peut paraître déplacé dans ce petit poëme, qui n'a d'autre prétention que celle d'une plaisanterie de société.

FIN DES NOTES.

TABLE.

TABLE.

ODES.

PIÈCES DIVERSES.

FIN DE LA TABLE.

www.ingramcontent.com/pod-product-compliance
Lightning Source LLC
Chambersburg PA
CBHW051128260626
47170CB00005B/1719